Justification du tirage

au poète des vrais pauvres
à Jehan Rictus,
bien cordialement

Louis Mertet

Mars 1901-

à EMILE MAGNE

mon Ami,

ces vers de tendresse et d'apaisement.

J. F. L. M.

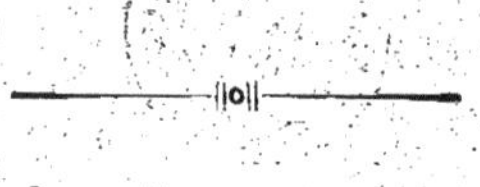

Le Dernier Baiser

Poème

Couverture et dessin hors texte
DE JEAN CUMENGE.

Au-dessus de nos têtes, brille au centre
du ciel, l'étoile de l'amour qui nous est
destiné; et toutes nos amours naîtront,
jusqu'à la fin, dans les rayons et l'atmos-
phère de cette étoile.

MAURICE MAETERLINCK.

(Le Trésor des humbles).

Le Dernier Baiser

PERSONNAGES { Césaire, 28 ans.
Sylvane, 25 ans.

Un home, très confortable. — Matinée de mai, ruisselante de fleurs et de soleil, énivrante de parfums et de promesses heureuses. — Intérieur très artistique. — Sur la table, un pot de verre gravé et chamarré d'or, plein d'orchidées et d'iris ; large baie ouverte sur la splendeur d'un parc fleuri. — Césaire et Sylvane, sur une longue causeuse, devisent amoureusement. Ils s'étreignent.

CÉSAIRE

Et ton premier baiser, ce matin, est joyeux;
La vie, en flammes d'or, illumine tes yeux,
Et sur ta bouche en fleur, éclatante d'extase,
L'aveu glisse, pareil au blanc voile de gaze
Qui cachait un mystère adorable à savoir. —
Ta voix sonne ou se meurt comme un ruisseau qui jase,
Et ton geste d'accueil sème le bel espoir. —

SYLVANE

Ce matin je suis belle et je t'aime... Je t'aime
Comme jamais, comme on doit aimer ici-bas,
Dans le mépris hautain du banal anathème
Que le monde insultant clamera sous nos pas.
Ce matin je suis belle et je t'offre mon âme;
Ah! c'est peu, c'est, hélas, tout ce que le baiser
Laisse exhaler, parfum de fleur, parfum de femme,
Source de voluptés où tu sauras puiser...
Jusqu'à ce clair matin de mai, je suis restée
L'inconnue aux grands yeux de mensonge et d'amour,

Celle que tu courbas sous tes lèvres, un jour,
Mais qui sut demeurer la maîtresse indomptée.
Car si je te fus chère, aux heures où l'oubli
Chante, pour notre orgueil, la sainte litanie,
Parfois, tu le sais bien, malgré mon front pâli,
Tu cherchas vainement la sereine harmonie ;
Et tu n'as pas connu cette paix infinie,
Et je me suis gardée invincible à tes yeux...
Mais ce matin, j'ouvre mon âme : viens y lire !
L'eau claire de mes jours y coule sous les cieux,
Et les cieux indulgents approuvent mon délire,
Le nuage qui passe, un instant bleu, s'y mire ;
L'eau claire de mes jours, miroir mystérieux,
Reflètera, pour te donner l'espoir du rêve,
L'ivresse de ta chair, l'ivresse de ton cœur,
Et tu te pencheras sur mes yeux où se lève
Le radieux soleil de ton amour vainqueur.

CÉSAIRE

Ta voix sonne ou se meurt comme une cloche sainte

Dans l'église de ton cher corps plein de soleil. —
A travers le vitrail de tes yeux, au réveil
Du printemps embaumé, la cloche tinte, tinte,.....
Et le clocher joyeux qui bruit, et ta main
Lourde de fleurs que tu donnas avec la grâce
Précieuse de ton geste tendre et calin,
A secoué des parfums d'ambre dans l'espace. —
Et ton sourire, rose ouverte sur tes dents,
Et ta gorge où ma lèvre a savouré l'ivresse,
Et l'enveloppement léger de ta caresse,
Et l'idéal de tes désirs longs et vivants,
Tout ce que ta beauté porte de mortels charmes,
Tu l'offres, trésors vrais, avec un grand orgueil,
O Sylvane! et ton corps, vibrant de bon accueil,
Fait monter à mes yeux la brûlure des larmes.

SYLVANE

Comme les clairs iris s'inclinent, ce matin,
Tandis qu'autour de nous la nature est en fête,
Mon cœur, vers ta bonté, vers ton amour certain,

S'accuse avec ferveur, car j'ai dit ma défaite ;
Car, inutilement j'ai lutté contre toi,
J'ai, sans raison, cherché la puérile gloire
Des baisers refusés qui sonnent ta victoire,
Aujourd'hui que me voilà calme, sous ta loi. —
Ta parole sera la parole biblique
Ecoutée avec le respect des seuls élus,
Et les aveux seront les premiers angelus
Que mon âme entendra pour rythmer le cantique.
Loin de la vie errante au caprice des fous,
Et loin du monde vil qui ne sait pas nos rêves,
Nous suivrons notre route en glorieux époux,
Et nos baisers seront braves comme des glaives !
C'est l'heure de la joie et c'est l'heure d'oubli ;
Je me courbe à ta voix, je comprends ta pensée,
Je serai, si tu veux, la pâle fiancée
Dont le frêle idéal, d'amour s'est ennobli.

CÉSAIRE

Et maintenant que nos aveux s'idéalisent,

Pour chanter le désir des baisers reconquis,
La vie ouvre nos yeux, et nos regards y lisent
La laideur... la laideur! mort de nos paradis!!!

. . . .

Ah! pourquoi ne pas demeurer les doux esclaves
De cette vision aujourd'hui vérité!
O détresse! penser que les fantômes hâves
Qui passent, malheureux, sont la réalité!
Misère blasphémante ou crime d'injustice,
Tout ce que nous savons du monde est près de nous,
Et, fervents, nous avons connu l'aube, à genoux,
Devant l'autre beauté calme et sans artifice :
La beauté de l'amour par la honte souillé,
La beauté des baisers, musique exténuée,
La beauté des aveux que la prostituée
Donne ou vend, au hasard de son rêve effeuillé.
Pourquoi ne pas sceller la vie, ainsi, muette,
Dans la splendeur de nos folles âmes en fleur,
Pourquoi ne pas léguer au souffle du poète
Le cri de volupté qui sacre le bonheur.

SYLVANE (*calme*)

Nous choisirons la vie ardente et merveilleuse,
Dans la simplicité de nos rêves confus —

CÉSAIRE (*ardent, comme en rêve*)

La mer chante, berçant la plage soleilleuse
Et nul ne connaîtra le secret de son flux ;
Nul, aussi, ne pourra choisir sur cette terre
La maison de bonheur attendant son retour,
Et, mieux vaut s'endormir à jamais ou se taire
En étouffant le cri de son premier amour,
Que, vainement chercher sur la route fleurie
La trace de la fée au geste évocateur
Qui montrait en riant la divine patrie
Où l'amour immortel efface la douleur.

SYLVANE (*inquiète*)

Mais..... la maison amie où l'orgueil se console
Et s'apaise au baiser radieux des printemps,

Nos pas la chercheront, la passion isole,
Et nous vivrons, très oublieux des mécontents.

Césaire (douloureux)

O Sylvane, ton cœur s'ouvre à moi puis se garde. —
Il cache le secret impuissant de ta chair :
Notre avril heurteurait un implacable hiver !
La vie est ténébreuse, ô maîtresse ! regarde...
Regarde, au loin, la vie est lasse —

                                       Pourras-tu
Mentir à ton bonheur ? au-delà de tes portes,
La voix plaintive ou blasphémante des cohortes
Grondera quelquefois, et ton cœur abattu,
Troublé, ne saura plus le rêve qui te berce ;
La vie, encor, te soufflettera de ses coups,
Et par les soirs d'automne où sanglote l'averse,
Les larmes du ciel noir glisseront jusqu'à nous. —

                               (Un silence plane)
Ecoute : une musique au bas de l'avenue
Pour nous bercer s'élève en rythmes caressants.....

Approche-toi, goûtons cette extase ingénue,
Que nous fait le caprice ou le jeu des passants?

Un passant chante dans la rue, une
vielle pleure, lente et douce.

Nous sommes bien, ainsi, muets, l'un contre l'autre,
Ma main frôle ta main qui tremble, et je t'ai,.... là ;....
Notre joie à beaucoup de peine se mêla,

(extasié)

Et mon bonheur 'ne peut se comparer à d'autre...

. . . .

(Il lui montre les fleurs)

Effeuille, pour me plaire, en larmes de soleil,
Les pétales d'iris, les pétales de roses,
Et dans un baiser fou de tes lèvres décloses,
Donne-moi le secret à nul secret pareil —
Tu veux cette minute adorable, ô Sylvane !
Penche-toi, sous mes yeux, et devine mon cœur !

(Il la regarde mystérieusement, et très grave)

Où trouver le pays de songe et de splendeur
Où se cache l'amour?........

Sylvane (*se lève, très haute, très belle...*)

Vois la fleur qui se fane !
Puisque l'amour humain se pare avec les fleurs,
Que le mauvais conseil de la rose flétrie
Nous dise que la mort est la seule patrie,
Asile des baisers, refuge des douleurs.
Ami, je t'ai trompé... Je ne voulais pas dire
Que ma tendresse avait compris le lourd secret
Qui, révélé, montre à mes yeux le bon délire
De l'ineffable amour ignorant le regret —
Et je sais maintenant quel refuge suprême
Offre à notre bonheur le paradis certain...

(*Mystérieuse à son tour*)

Dis, veux-tu ?

Césaire (*les yeux clos un instant*)

Je t'ai comprise chère, et je t'aime !

(*La fixant inexorablement*)

Oui, mourir, n'est-ce pas, mourir en ce matin,
Mourir avec son rêve et s'en aller encore

Par delà l'inconnu, l'Irréel et la Nuit,
Chercher, impatients, une nouvelle aurore
Où, jamais ne pourrait fleurir la fleur d'ennui!
Mourir ! en écoutant chanter le mois des roses ! ! !

Sylvane (*extasiée*)

Quiconque peut aimer ainsi que nous, saura
Qu'il n'est pas de refuge en la laideur des choses,
Et notre bel amour, chez d'autres renaîtra. —

. . . . ,

Aux pentes des tombeaux les fleurs semblent sourire !

. . . .

Nos âmes s'en iront vers les clartés du ciel,
Qu'importe le plaisir brutal vide et réel?
Rien ne vaut le désir suprême qui se mire
En nos yeux agrandis d'extase et de ferveur. —

Césaire

Regarde, ce sera l'aube des épousailles,
Les grands arbres du parc absolvent notre ardeur

Et les fleurs et le ciel veulent que tu t'en ailles
Sereine et sans orgueil, fière de ta douceur.

SYLVANE (*contre lui, le geste vers le jardin*)

Oui, c'est le beau matin, c'est l'aurore attendue,
Les gerbes grandiront vers nos lèvres, et seuls,
Enlacés follement sous deux roses linceuls
Nous ne pleurerons pas la floraison perdue —
Ivres de nos baisers prodigués largement,
Nous voguerons vers les abîmes de mystère
Où le cœur doit saigner et la bouche se taire
Pour savourer la chère paix du firmament. —
Sur l'aile du désir suprême qui nous tente,
D'astre en astre, nous roulerons éperdûment,
Au bruit des lyres d'or qui diront, un moment,
Le cri joyeux heurtant le râle d'épouvante
Dont les humains lassés bravent notre serment.

CÉSAIRE (*attendant ses paroles avec passion*)

Parle encor, te voici comme je te désire !

O Sylvane, ton âme est claire comme l'eau,
Ta gorge se soulève, et l'amoureux sanglot
S'écrase dans ta voix où la tristesse expire.

SYLVANE (*grave et calme*)

Mon âme est une fleur ouverte à la Beauté. —
Ah ! qu'importe la vie, ainsi sacrifiée,
Au secret du bonheur suprême, initiée,
La mort est le doux prix de tant de volupté.
La mort ! Elle sourit en robe primevère
Lourde de roses d'or et ceinte de jasmins,
Elle traîne à ses pas l'espoir des lendemains,
Elle chante l'oubli de l'humaine misère. —
Elle a, pour nous bercer, le chant des étrangers,
Le chant du large, au clair de l'océan qui gronde,
Elle porte à nos cœurs le mystère du monde,
Et nous l'avons comprise à ses gestes légers.

CÉSAIRE

Oui, c'est le seul refuge, ô fiancée ardente,

O maîtresse, ô ma belle fée aux calmes yeux,
Toi, qui veux dans l'azur impassible des cieux,
Flotter, parfum dernier d'une gloire vivante!

Ici, les souvenirs de nos promesses d'or
Chanteraient pour un autre, hélas! la litanie,
Mais, dans la mort tendre et sereine d'harmonie,
O Sylvane, cherchons le magique décor
Où les palmes du soir s'inclinent en murmures
Où le soleil est doux en un ciel plus clément,
Et là, tu seras belle; âme, éternellement
Bercée au baiser fou que chantent les ramures.

. . . .

Garde tes souvenirs, richesse d'un amour!
Le matin rit. Vois le soleil parmi les marbres;
Là-bas, vers l'inconnu muet comme les arbres,
Les fleurs s'ouvriront mieux pour embaumer le jour
Où tu ne connaîtras en l'extase adorée
Que la caresse lente, ivresse évaporée,
Parfum ténu, parfum de ton premier amour!

Sylvane (*lui présentant une coupe*)

Ta parole m'a dit les prophétiques charmes. —
La vie est laide, ami, viens endormir ton cœur,
Viens, savoure à longs traits la mortelle liqueur,
La coupe où ton baiser mettra la foi des larmes,
J'y tremperai ma lèvre et j'y boirai l'oubli ! —

Césaire (*après avoir bu*)

Ah ! c'est bon, car un feu nouveau brûle mes veines !
Je vais jeter les fleurs de ton choix sur le lit
Et te dire l'orgueil de nos paroles vaines. —
Il ne faut qu'une étreinte à nos cœurs étouffants
Il ne faut qu'un baiser pour notre désir sombre,
Et vers le ciel, peuplé de mirages sans nombre,
Nous partirons, avec le songe des enfants.

Sylvane

(*après avoir achevé la liqueur et jeté la coupe*).

Le soleil vient nous saluer, ah ! que sa flamme

Meure ! que nous importe ! et les roses d'hier,
Et la Jeunesse souriante aux jours d'hiver, !
Et le premier baiser du soir qui me fit femme,
Et l'espoir de sourire aux vivantes clartés,
Et la bonté de croire et l'orgueil de se taire,
Et le rêve qui chante en un cœur solitaire,
Et la tristesse et la douleur des voluptés !
Chimères ! vains désirs, enivrement funeste !
On s'éveille un matin les yeux rougis de pleurs...

.   .   .   .

Non ! pas de lendemain, pas de vaines douleurs,
Voile vers l'inconnu, que succombe le reste ! ! !

SYLVANE,

(s'étend sur la couche semée de fleurs, et écoute

une voix chantonnante qui meurt au loin...)

Et que te fait l'oubli ? Le monde rit encor !
Ecoute le passant qui chantait tout à l'heure,
De ton âme s'en va la détresse qui pleure,
Ecoute s'égrener une musique d'or !

Et toi pauvre inconnu qui chantes sous la porte
De la chère maison close, comme un tombeau,
Va dire au monde vain, qu'un grand amour emporte
Les seuls amants pour qui le paradis est beau. —

CÉSAIRE (*halluciné*)

Ah ! je vois dans tes yeux ma jeunesse qui passe
En robe de douceur, en robe de clarté,
La cloche du dimanche égrène dans l'espace
Le chapelet de notre rouge puberté !
Et c'est le jour d'Avril ou j'ai cueilli des roses
Qui chante dans ta voix mourante, ce matin ;
Et dans tes yeux, je vois les fantômes moroses
De Celles que je crus aimer...

SYLVANE (*très faible*)

                    Ah ! tout s'éteint
Je meurs pour notre rêve et pourtant je veux dire
Ton nom, oui, ton cher nom.....

Césaire *(mourant)*

   Donne un dernier sourire,
Ma bouche a deviné ta lèvre qui s'endort
  (très bas)
Et nous avons uni dans un dernier délire
Le baiser de l'amour attendu par la mort !

. . . .

         (Silence)

J. F. Louis MERLET.

        Mai-Juin 1900.